내가 아닌 존재 속에서 나를 발견하는 명상여행

자유로운 새는 문이 없다

내가 아닌 존재 속에서 나를 발견하는 명상여행

자유로운 새는 문이 없다

초판 1쇄 인쇄　2009년 04월 01일
초판 1쇄 발행　2009년 04월 08일

지은이 | 이욱환
펴낸이 | 손형국
펴낸곳 | (주)에세이퍼블리싱
출판등록 | 2004. 12. 1(제315-2008-022호)
주소 | 157-857 서울특별시 강서구 방화3동 822-1 화이트하우스 2층
홈페이지 | www.essay.co.kr
전화번호 | (02)3159-9638~40
팩스 | (02)3159-9637

ISBN 978-89-6023-223-5 03810

내가 아닌 존재 속에서 나를 발견하는 명상여행

자유로운 새는 문이 없다

이욱환 지음

ESSAY

1) 길을 찾아서

현실의 화려華麗함보다는 내면의 갈증渴症이 먼저였다
쉽게 지쳐가는 사람들 속에서 또 하나의 개체個體로
살아가는 결코 길지 않는 인생人生
나는 내가 아닌 존재存在속에서 무언가를 찾고자 했다
참된 자아自我를 찾아 떠나는 여행旅行
그 속에서 깊은 눈길로 다가왔던 소리들을
결코 나일 수 없는 소리로 부쳐봅니다

2) 길 없는 길에서 길을 연다

불꽃 속에 타 들어가는 영혼靈魂
문門을 두드리지만 열 수가 없었다
반복反復된 삶은 마음을 지치게 하고
눈과 귀는 거리를 헤맨다.
행복幸福한 삶은 어디에서 오는가?

마음의 문門을 열면 향기香氣는
꽃을 찾아올 것이다

자유롭게 나는 새는
모든 것이 아름답게 보인다.

홀로 길을 떠나보라

차례

어디에 있는지?

1부

공간 空間

공간空間!
틈을 채우고 비워나가는 것은 아름답다
끊임없는 수행修行
어느 날 수면水面이 비칠 때
자연스런 삶 속에서 녹아있는 모습을 본다.

모든 것이 아름답다
생명生命 하나하나 숨결 속에 출렁인다.
홀로 가는 것은
전체全體와의 만남이 있다

우리들의 삶
번뇌煩惱는 항상 친구親舊처럼 찾아온다.
다만 우리들은
바람 한 점에도 눈을 가리며
숨을 죽이고 살아갈 뿐이다

가고 싶으면 가고

노래를 불러도
듣는 자 없고

춤을 추어도
보는 자 없네

홀로 있어도
바람이요 구름이라

가고 싶으면 가고
오고 싶으면 오네.

선禪에 이르는 길

선禪에 이르는 길은 멀다
더 많은 것들과 만나야 하고
싸워야 한다.

바람이 지나가면
비가 오고
물결이 지나가서야
잔잔해진다

이제 싸움은 없다
어둠이 걷히듯
내면은 평화롭다

수많은 상념들
우울하게 했지만
그들은 친구가 되었다

방황

양의 목덜미를 끊어 붉은 살을 먹고픈
나는 아직도 굶주린 짐승이외다.

양의 목덜미를 끊어 붉은 피를 삼키고픈
나는 아직도 잔인殘忍한 짐승이외다.

내 본성本性이 잠들은 꿈이 길어
항상 허기진 모습으로 뼈만 남은 짐승이외다.

게으른 사슴

게으른 사슴아
너 어디쯤 가느뇨.

안다는 것도 돌아보면 그곳이요
모른다는 것도 돌아보면 그곳인데
너 혼자 울타리 모두 우고
관冠만 닦느뇨.

아름다운 꽃은 심산유곡深山幽谷에
홀로 있음을 원망치 않고
아름다운 사랑은 보이기 위한
껍질이 아닌 것을

네 어이 알면서
바래질 오색五色실로 옷을 짜는고.

청산靑山은 푸른데

청산靑山은 푸른데
무얼 그리 애태우누

붉은 꽃도
노란 꽃도
가을 한철 넘기기 어렵고

벌도
나비도
겨울이 오기 전 사라지네.
무명無明 속에 지나가는 길
한번 오기도 어려운데

잡지도 못하고
놓지도 못하면서
무얼 그리 헤매이노

사랑의 다짐

마음 가운데
깊은 연못을 파고
맑은 샘물 받아다
물고기 놀게 하리라

산모퉁이 돌아서서
길가는 나그네 목축이고
꽃잎처럼 마음 섞어 노래하리라

부르는 이 처처로
가슴열고 찾아오니
석양夕陽질 때 사랑이라 얘기하리라

내 어디에 있었냐고

바람도
구름도
옷깃에 부딪치네

오고 감이
자유自由로운 건
마음 하나뿐이건만

바람 따라 달려가고
구름 따라 흘러가네

삐걱거리는 수레에
담긴 보물寶物들은
거친 숨결로 맞이하는
상처傷處난 가슴 뿐

바람에 부쳐 묻거들랑
내 어디에 있었냐고

님 찾아 가는 길

청산靑山은 푸르고
고요하나

세상 속 번뇌煩惱는
산을 타고 올라오네.

임 찾아가는 길

선사禪師는 말이 없고
동자들의 웃음소리

산문山門 밖을 날아가네.

나그네의 시름

나뭇가지 사이로
솔바람이 불어오고

까치 한 마리
바위 틈새로 날아드네

비집고 내린 햇살은
그렇게 맑고 푸른데

길 잃은 나그네는
구름 속을 헤매이네

주막집

휘영청 달빛은
술잔 따라 흐르는데

여기 벗님네야
노래 소리 흥겹구나

청산에 묻힌 마음
취흥이야 없을 소만

송광사 독경讀經소리
이 밤 세면 어이할꼬

마음

나는 숲이 되리라

푸른 나뭇잎 사이로
하얀 꽃길이 열려 있는 곳

언제나 싱싱한 꿈이
다가오는 그곳에서
나는 학처럼 살리라

나는 바다가 되리라

푸른 해초海草 사이로
붉은 노을이 흐르는 곳

언제나 싱싱한 꿈이
다가오는 그곳에서

나는 고래처럼 살리라

노래하는 자 있어도

노래하는 자 있어도
알 수 없고

춤추는 자 있어도
알 수 없네

집은 불타고
누울 자리 하나 없는데

선인仙人들은
오늘도 졸고만 있네

불길은 구름 속에
가려 있는데

사람들은 오늘도 꿈만 꾸네

분별

여기 저기 둘러봐도
마음 둘 곳 하나 없네

기뻐함도
슬퍼함도
나의 탓이건만

남의 속 바라보며
자기 맘 돌보지 않네

내 탓
네 탓 분별分別만 남아

자기가 어디 있는지
알려고도 하지 않네

말하지 마라

날이 저물도록
그림을 그리고 있다

선악의 구분區分도
못한 채

이리가면 저리가고
저리가면 이리간다

바람은 고요하나
눈 뜨면 세속世俗이다

구름은
말하지 마라하고
바람은
눈 뜨라 한다

아상我相

내가 아니라면
갈수 없고

네가 아니면
머물 수 없네

아상我相에 물든 마음
밖은 화려하고
속은 비웠어라

꽃들의 축제는
내일이면 끝나리

거리의 악사樂士

깨달음을 말하고
믿음을 말하지만

더 나아갈 수 없네
혼돈과 미혹

부처도
예수도
거리에 나와 북을 치네

마음은 불꽃이 되어
숨을 곳조차 없는데

나 또한
거리로 나와
북치고 장구치네

황소

젖은 소나무에
기우는 해 그림자

대나무 숲지나
아이놈 소리

옛 사람은
자취하나 없는데

집 찾아가는
황소의 울음소리

선정禪定

마음은 고요하고
별빛처럼 반짝이네

속에 담긴 번뇌는
가슴을 타고 오지만

지키는 미소 따뜻하고
눈빛은 밝아오네

길 찾아 가는 길
아직도 바람이 기대는데

소리 없이 찾아드는
빛의 속삭임이여

화두話頭

들을 수 없네
내가 누군지

답할 수 없네
내가 누군지

오고 가는 바람
한 치 앞을 몰라

가부좌를 튼 비구는
바람만 의지하네

구도자 求道者

세상에 있으면서
속인도 아니요

절간에 있으면서
중도 아니라네

찾고자 하나
길은 멀고

바람소리만
서산을 넘어가네

수도승

잡는 손 너무 많아
눈빛이 흐려지네
감출 수 없는 마음
처자손손 찾아드네

꽃 한 송이 들고 와도
애증에 갇힌 마음
가진 것이 죄가 됨을
알지 못했네

잡지도 못하고
버리지도 못한 인연
부처는 말이 없고
촛불만 가물 되네

번뇌

가부좌를 튼 자리에도
봄 향기 가득하고

죽비로 잠을 깨우지만
바람만 찾아드네

무심한 세월의 넋

산사 밑 계곡에는
노랫소리만 흥겹네

선인

선인仙人은 자유로워
알 수가 없네

언제 어디서나
홀로 있으나 함께 하네

중생重生은 노래 하지만
하루해를 넘기 힘들고

잡으려 하는 마음에
잡을 수 없고

놓으려 하는 마음에
놓을 수도 없네

카르마(업業)

산 속에 있으면
산이 되고
물 속에 있으면
물이 된다.

의지는
카르마를 만들고
카르마는
또 다른 집을 짓는다.

청정한 마음 가꾸어
다시 오길 바라지 마라

청산은 구름을 품어
삶을 노래하네

고요한 숨결

바람소리
물소리
고요한 숨결

가슴에 머무는 건
빛의 속삭임

지키는 자도 없고
듣는 자도 없는데
꽃은 피어나고
향기 가득하네.

선사들의 웃음소리

선사는 어디가고
부도만이 남았는데

봄 향기 취한 나비
꽃을 찾아드네.

내 또한 사라지면
향기도 꽃도 없는 것을

진신사리眞身舍利 찾는 소리
선사들의 웃음소리

창을 열라

노래 있으되
부르지 못하는 인생이여

사랑 있으되
찾지 못하는 인생이여

이 모든 것 어디 두고
혼자 애달다 하는구나

창을 열라
마음을 열라

이 모든 것은 애초에 주어진 것
마음 가두고 원망怨望 하더이다

마음의 소리

그대 길 가다가
피리 부는 사람 만나거든
한쪽에 시름 놓고 마음으로 들으세요
귀먹은 육신 가졌으니
소리에 취하기 쉽습니다

그대 길 가다가
꽃 든 사람 만나거든
한쪽에 시름 놓고 마음으로 보세요
눈먼 육신 가졌으니
모습에 취하기 쉽습니다

한마디 없는 마음에
취하지 않는 마음에
피리 소리보다 맑고
꽃보다 아름다운 마음 흐르니

부디 길 가다가 외롭더라도
마음의 소리 간직하소서

해가 뜹니다

잠자는 혈관血管에
붉은 피가 돕니다
가슴을 들어내어 환호하는 소리
해 뜨는 길은 아름답습니다

그리고
나도
뜹니다

날이 저뭅니다
긴 그림자를 남기며 날이 저뭅니다
산마루 노을에 딸려간
구름 하나
홍조紅潮 띤 얼굴로 산을 넘습니다

날이 저무는 길은 아름답습니다

그
속에
나도 집니다

춘몽 春夢

오늘이 지나가면
또 내일이
지나쳐 버린 인연과
다가올 인연들

백년이 지나지 않아
너도 나도 없는데
마음하나 찾지 않고
꿈속에만 머무네

백년
천년
지나고 나면 오늘이 춘몽인데

하루 해
지나는 마음
부질없는 손짓만이

구속

구름도
바람도 지나가면
흔적이 없는데

사람들은
어제와 오늘
점을 찍어 자우롭지 못하네

갇힌 마음
밖을 찾아 헤만들

자기 마음
아는 것만 못하리다.

낚싯바늘

살려고 몸부림치다
눈이 멀고

찾으려 애쓰다가
길을 보지 못하네

낚싯바늘에 걸린
고기처럼

사람들은 단 하루
편할 날 없네

마음이 고요하면
모든 게 그대로인데

바람에 흔들리고
비에 젖네.

음식

음식을 놓고 투정하지 마라
입과 혀가 함부로 하지 않도록
너의 피와 살이니
너는 그로부터 살아간다.

음식을 놓고 기도해라
입과 혀가 함부로 하지 못하도록
너의 피와 살이니
너는 그로부터 힘을 얻는다

언제 너는 그처럼
씹혀서 전부를 주었던 적이 있느냐

너의 피요
너의 살이다

인과因果

오늘을 알려거든
어제를 보고

내일이 두렵거든
오늘을 보라

꽃잎 떨어지는 소리에
잠을 깨고

바람 부는 소리에
눈을 뜨네

찾아가는 님도 없고
다가오는 님도 없이

정처 없는 바람만
불어오네

마음

가장 알지 못하는 것이
나의 마음이요
가장 믿지 못하는 것이
나의 마음이요

가장 찾기 어려운 것이
나의 마음이요
가장 잃기 쉬운 것이
나의 마음이다

해가 질 무렵

하루만 지나면
먼지가 쌓이고
아끼던 물건조차 갑갑해져 온다.

삶이 성숙하다는 것은

사야할 것과
버려야 할 것들에 대한
선택과 같다

무엇을 사랑할지
어떻게 사랑할지를 모르고
무엇을 미워할지
어떻게 미워할지를 모른다.

긴 시간을 돌고 돌지만
해가 질 때야 눈물을 흘린다.

내가 태어나기 전에도

내가 태어나기 전에도
누군가 이 자리에서
노래를 불렀으리라

내가 태어나기 전에도
누군가 이 자리에서
눈물을 흘렸을 것이다

누군가는 칼을 휘두르고
누군가는 시를 지으며
누구는 한숨을 지었으리라

내가 죽고 나면
나 또한 누군가의 눈에
묘비가 되고
시가 되고
노래가 될 것이다

내가 태어나기 전에도
그랬던 것처럼
내가 죽고 나서도 그러할 것이다

나의 묘비墓碑에 이름을 남기지 마라

나의 묘비에 이름을 남기지 마라
아무리 사랑하던 사람도
단 하루 머물지 못하니

나의 묘비에 이름을 남기지 마라
아무리 미워하는 사람도
단 하루 머물지 못하니

백년을 살아도
너의 꿈이요 나의 꿈이니

그냥 바람이 되게 하라

자취 없는 공간에
점을 찍어
흔적을 남기려 애쓰지 마라

보는 자도 듣는 자도
사라지리니

보는 자도 하나 없는데

바람에다 실을까
구름에다 실을까
갇힌 마음 합장해도
바람한 점 머물지 못하네

눈빛은 노을에 지고
발길은 머무는데
누가 있어 널 깨워
대양을 보게 하리오.

가슴은 병들어가고
보는 자도 하나 없는데

나에게 묻지 마라

나에게 묻지를 마라
나는 가르칠게 없나니
꽃과 함께하라

나에게 묻지를 마라
나는 가르칠게 없나니
바람과 함께하라

꽃은 피고 지고
바람은 오고 가건만

사람들은 한자리에 서서
피고 지지도
오고 가지도 못하네.

자화상自畵像

지지리도 못난 소리로
지지리도 못난 노래를
지지리도 못나게 부르는 자여

낮게 나는 새도
높게 나는 새도
겨울이면
고향故鄕으로 돌아가거늘

먼 산 바라보며
지지리도 못난 눈으로
지지리도 못난 영혼靈魂을 내려다본다.

우물 안 개구리

꽃 속에 사는 나비는 꽃만 보이고
숲 속에 사는 다람쥐는 숲만 보이고
산 속에 사는 노루는 산만 보이네.

냇가에 사는 피리새끼는 내만 보이고
강에 사는 잉어는 강만 보이고
바다에 사는 고래는 바다만 보인다.

가을 한철 사는 귀뚜라미
겨울을 알지 못하고
사람들은 생사를 모르네

사람들

사랑하고
미워하며
불길 속을 헤매다가

오는 것도
가는 것도
자유롭지 못하네.

사람들은
웃지 못하면서
웃으라 하고

울지 못하면서
울어라 하네.

청산을 올라보니

산 아래
구름이 피어나네.
봄이 먼저 올라
푸르고 푸르구나.

높고 낮은 산
등줄기를 펴고
깊고 깊은 시름
푸른 강물이 되네.

선의 노래

주름진 날개
곱게 펴내어라

참 빗으로 빗어
내린 머릿결

세월歲月을 등진 밤 되어도
등불은 꺼지지 않으리.

모진 설한雪寒에도
꽃잎이 되어 나빌래라

그것이 그것인 걸

청산靑山아! 바람을 말하랴
구름아! 비를 말하랴

푸른 소나무
구비 구비 산을 이루고
진달래 바다를 이루었네.

바람이 불면 꽃바람이요
비가 오면
꽃비가 되는 것을

명상

갈매기는
크다란 원을 그립니다

수평선 위엔
돛대만 졸고 있습니다

파도도 조용히
하늘만 담고 있습니다.

차茶

구름을 타듯
가벼이 마음을 열어
차향茶香 옷을 벗는다.

임의 숨결 드나드는 문
거문고를 타는 손

바람을 잡아 따른
한 잔의 차

가슴을 쓰려 내리며
차향茶香 옷을 벗는다.

윤회

나뭇가지에
고개를 내민 싹

작년엔 푸른 나무였고
제 작년엔 붉은 자두였는데

금년엔
붉은 매화꽃으로
피어났네

내년엔 무엇으로
피어나리오

선의 눈

글로서 전하리까.
말로서 전하리까.

선은
선의 눈이요
글은 글의 눈인 것을

선사가 지나온 길
뒤만 따라가다가
발밑에 흐르는 물
알지 못하네.

오고 간 길

꿈이라면
깨면 되겠지

깨지 않는 꿈 있으리.
석가도
예수도
오고 간 길을

바람이 지나고 나면
또 한 생이 꿈에 갇히고

비가 오면
또 한 생이 길을 잃네.

잡으려 할수록
멀어지는 길

이 거리
저 거리
불 빛 만 찾아 헤매네.

무심의 등불

무심의 등불을 켜면
한 세월 지나는 바람
이태백의 시요
황진이의 눈물인가?

하늘도 변하고
땅도 변하는데
구름을 잡고 어이 꽃을
피우리오

어제는 삿갓 쓴
나그네가 주모를 불렀는데
오늘은 청바지 아가씨가
잔을 기울이네

꿈을 깨우리

나기도
힘든 세상
궂은 날만 마음에 담아
세상에 나온 뜻
알지 못하네

성인聖人이 왔던 길
알 수 있도록
성인이 갔던 길
찾을 수 있도록

마음을 바로잡아
꿈을 깨우리

시인詩人의 눈

떨리는 손
창 밖에 어둠 거두고

홀로 불을 켠 님의 소리
돛대를 따라 온
갈매기의 넋

번뇌의 흔적
가슴을 비워
하늘에다 퍼 올릴까?

시인詩人의 눈이 되면
입춘立春이 되지 않아도

개구리 소리
들을 수 있을까?

님의 소리

님의 소리에
함께 하리.

섬섬옥수纖纖玉手
아름다운
자태가 아니더라도

고요한 눈빛

바람소리가
잠을 깨우지 않게

님의 소리에 함께 하리

인간人間의 초상肖像

똑 같은 날
똑 같은 바람 없는데

궂은 일만
마음에 담아
집을 짓고 방을 만들고
담을 높이네

무심한 눈과
무심한 귀에
꿈이라도 꾸었는가

아름다운 꽃들은
내일을 걱정하지 않으리.

선禪(1)

물에 단지
발을 담갔을 뿐

물이 되려고 애쓰지 않았고
물이라 부르지도 않았다

물 따라 도랑을 내고
둑을 허물고
바위사이를 돌아
계곡溪谷을 흘러 내렸다

그런데 언제부터
나는 물이 되었다

미련

청산靑山에 오르니
구름은 학의 날개요

계곡에 들어서니
물소리
푸른 물결이라

숲 속에 들어가
은 향기香氣를 품어
나를 부러 건만

잡으려 하니 길은 멀고
놓으려 하니
눈이 시리네.

시詩

시詩는
얼굴 없는 모습인가
모습 없는 얼굴인가
바람을 불러내어 문신文身을 새긴다.

한번 지나가도
다시 오는 바람인가

한 잎
두 잎
낙엽落葉들을 주워 모아
길을 튼다.

누구의 자손인가?

광활한
우주공간에 떠있는
은하銀河의 물결

무수한
별들과 구름

그 속에
나는
빛의 자손인가?
어둠의 자손인가?

선禪(2)

무명無明이 갈아낸 밭
골마다 바람이 불고
잡초만 무성하다
들어갈수록 깊이 내린
애욕의 씨

뿌리를 잘라내어
태울 수 있을까?

투명透明할수록
반사되어오는 상념들

벗을 때마다
부푸는 가슴
밟을수록 더 뾰족한 잡초들

화두(2)

산이라 하고
강이라 하나

산속에 산
알지 못하고

강에 빠진 달
건질 수 없네.

심안 心眼

눈은
아름다운 정원庭園

마음의 창을 열면
하나가 된 우주

선도
악도
보듬고 키워 나가야 할 정원庭園

산 속에 고기가 놀고
물속에 새가 나르리

명상

혈관血管을 타고 오르는
저녁노을

실핏줄 사이로
터널을 내어
생生의 굴곡屈曲을 이어 논
자리

깊은 강물이 되어
하늘을 담아 나간다

인과 因果

불꽃도
나의 상이요
바람도
나의 상이라

번뇌는
속세의 그림자요
기쁨 또한
꿈의 환상이라

밖도 안도
서로의 인과인 것을

무엇을 의지하여
춤을 추리까?

윤회(2)

밤낮이 바뀌듯
생사生死는 돌고 도네

잎만 무성하면
꽃이 없고
꽃만 무성해도
뿌리가 상하네.

선의 과보도
악의 과보도
뿌린 대로 거두리.

구름은
서쪽으로 넘어가는데
동쪽으로 가는 길 손

선禪(3)

봄 향기 그윽하고
꽃잎이 물드는데

무명無明의 그림자
지우지 못하고

동으로
서로
바람만 흔들리네

선禪(4)

바람도
구름도 흐르지만
머무는 곳이 없다

잡을 것도
잡힐 것도 없는
고요함

그냥 대지요
그냥 초원이다

다만 양떼가 놀고
새가 지저귈 뿐이다.

꽃 중의 꽃

선禪은

색도
향기도 없는
꽃 중의 꽃이요

향기중의 향기라

벌도 나비도
알지 못하네.

선禪(5)

옛 선인仙人의 자리
내가 가고
내가 있던 자리 이어지리.

바람을 흔들다가
떨어진 씨앗

생生은 적을 수 없고
말할 수 없네.
생사生死를 깨우지 못하면

사리를 품고
하늘을 보아도
구름 한 점 떠갈 뿐

명상

푸른 하늘
넓은 대지에 피어나는 생명

나무와 풀
속을 드러내는 소리

바람에 실어오는
파릇한 속삭임

가슴을 열면

나의 눈
나의 슴을 넘어
무한의 공간이 열린다

청산

청산을 닮으려다
늙어버린 나무

등줄기 타 내린
깊이 잴 수 있을까?

청산을 닮으려다
청산이 되어버린 나무

사랑도 미움도

청산을 넘어가리.

사랑도
미움도
틀어버리고

가는 정
오는 정
무심한 구름 되어

청산을 넘어가리.

선禪(6)

바람도 없이
떨어지는 눈송이

축복의 꽃인가

하늘과 땅을
연결하는 숨결

척박한 땅에도
살을 찌운다

갈등

산이 되고
물이 되면
나를 잊으리까?

산속에 산
물속에 물이 되면
하나가 되리오까?

산은 산이고
물은 물인데
어디서 무엇을 찾으리까?

바람이 지나가도
손을 흔들고
구름이 지나가도
손을 잡는데

그 속에 나는
누구라 말하리까?

구름이 되네

학
한 마리

청산靑山을 날아올라

구름이 되네.

동산東山에
피는 꽃
서산西山에도 피는데

바람이 분다고
어이하리오.

선禪(7)

잠이 들면
꿈이 베인 칼
색色은 공空하고 공空한
나의 탄식

방마다 가득
나를 채워도

거침없는 상념想念
한 순간瞬間 날아가는
부처의 눈
그리고 개의 눈

칼에 베인 자국마다
피가 고인다.

무명

천년의 하늘이요
만년의 구름이라

자취自炊 없는 하늘

무명無明이 나의 눈이요
나의 귀가 되어

돌을
금이라 하나
금을
돌이라 하나 알지 못하네.

선

미혹의 세계
꿀처럼 달아

배만 튀어나온 황소

똑 같은 바람
물 없으련만

달빛만 건지고 있네.

햇살이 담겼는가

푸른 물결
은은한 백화白樺의 숨결을 읽어

조용한 아침
새들은 하늘을 날아
푸른 강
물결이 되네.

달빛을 적시고 간
자리에
다시 건진 해의 치마폭

가슴을 열면 눈부신 햇살

산과 대지는
잠에서 깨어나리

평온한 오후
닭은 양지에 앉아

알을 낳는다

새벽이슬이 닿은 옥색ㅛㅌ 하늘

봄이 오면

얼어붙은 시냇가
버들강아지
노-란 꽃잎이 물들면

돌 밑 피리새끼들도
소풍을 가겠지

오색五色 물결
강을 이루면
바람도 손을 녹이겠지 .

사랑을 구하려다

속절없는 생生
봄빛에 취하여도
자성自省의 길 멈추지 말게

사랑을 구하려다
사랑으로 죽고

미움을 구하려다
미움으로 죽느니

갈매기

새벽을 열어
가슴은 턴 햇살

하―얀 꽃
푸른 바다를 퍼 올려
파도를 탄다.

구름을 타는 수평선.
은빛 하늘에
날아오르는 갈매기

문을 나서면

문을 나서면
길이 열린다.

그 속에서
자연과 동화되어가는
바람의 소리

길마다
하나가 된 노래

시는 형상화形象化 할 수 없는
영혼을 짜내어간다

불러도
대답이 없는 소리
찾아도
볼 수 없는 소리들을

바람의 선

바람의 선禪
앙상한 가지에 걸린 잎
단 하나의 꿈이라도
건지고픈
시인詩人의 눈

바람이 상처傷處를 낼수록
더 아름답게 그려지는
수채화水彩畵
뚝
뚝
물감이 되어버린
가슴

한줄기 바람이래도

한줄기
바람이래도 좋습니다.

끈적끈적한
세속俗世의 정情 씻어내어

구름처럼 흐르며
안아가고 싶습니다.

바람도 때로는
마음을 씻어주는 친구입니다

거목巨木

거목은 산이 되어
하늘을 본다
비와 바람이 길을 낸 가슴
그 깊이만큼 별 빛도 함께
머물고 갔으리라

숲에 살지만
숲이 될 수 없는 거목

바람이 불면 파르르 뜨는 잎들
거목巨木인들 정 없으리까?

어미 새가 되어 둥지에서
밀쳐낸 새끼들
이제 혼자 살아가라고

거목 밑에서는
바람은 피할 수 있지만
날 수가 없기에
꽃이 자랄 수 없기에…

선禪(8)

바람을 돌아보니
매화梅花꽃 붉더라.

몸도 없고
꿈도 털어 서산마루
올랐더니

구름은 바위 밑에
고이 잠을 자더라.

장송長松

수 만 그루의
나무와 풀들이 한데 어울려
숲이 되었네

바람에 날린 한 알의 씨앗
장송長松이 되었네

한 날 한 시
부는 바람에도 따로 떨어져

크게 자라고
작게 자라는데

장송長松이 되려만 하면
숲은 어이 볼 건가?

자존심

가슴을 파내어야
마주할 수 있는데

하나가 되려 하지만
뾰족한 콧날만
서로 탓한다

먼저 들어가라 하고
먼저 나오려고만 한다

닭

푸드덕 날개를 틀며
힘껏 바람을 낳는 닭

산에서도
들에서도
단단한 알을 낳았다

지금 닭의 후손後孫들은
알만 낳는다

손과 발이 잡힌 체
날개도 없이

우리에 갇혀
물컹한 알들만 낳는다

봄이 오려나

겨울비 지나가면
봄이 오려나.

비-갠 후에는
바람도 따뜻하겠지

노-란 나리-꽃
봄빛에 춤을 추면
바람도 춤을 추겠지

오지마시래도
겨울이 왔듯이
오지마시래도
봄은 오겠지

나그네

청산靑山에 외로운 넋
홀로 밤을 세우다

길 잃은 두견새 소리
바람을 타고 오르는데

적막한 밤 그림자
서 쪽 하늘만 쳐다보네

무녀 巫女

한 송이 꽃이 되리
하늘에다 씨를 뿌리고

하얀 날개옷은
나비가 되네

무심히 흐르는 눈물
한 맺힌 영혼들

사람들의 눈이 되고
거울이 되게 하네

곱디고운 얼굴에 눈물
어이 웬 말이냐

바람도 소리 없이
산을 넘어가네.

비구니

하―얀 손
곱디고운
숨결 차마 잡지 못해

합장_{合掌}한 손
마디마다
눈물 고였네.

깊은 밤 소쩍새는
떠날 줄을 모르는데

야윈 얼굴에 비친
님의 얼굴이여

소리 들어보렴

때로는
바람의 소리 들어보렴.
나도 그 언젠가 바람이었음을

때로는
물소리 들어보렴.
나도 언젠가 물이었음을

때로는 내가 아니고
남이 되어 보렴.

그 속에도
같은 마음과 숨결이 있다는 것을

물의 과거와
바람의 미래가
하나의 줄기였다는 것을

황소의 발자국

산이 높아가도
계곡은 더욱 깊어져

맑은 물
하늘의 옥수玉水를
담아 흐르리

생生은 깊은 바다위에
춤추는 새의 날개

세속世俗의 탈을 벗어내어
터진 만큼

꽃도 붉고
잎이 무성하리

열매를 맺으려면

한 알의
씨가 떨어져
다시 열매를 맺으려면

비와 바람과
천둥소리를 들어야 한다

몇 개의
잎은 떨어지고
몇 개의
가지는 부러지며

마지막 남은 꽃들이
떨어져야 열매를 맺는다

그대의 시간 時間

전생의 습인가?

꽃만 탐하다
줄기를 보지 않고

열매만 탐하다
뿌리를 보지 않았네

기대지 않으면
볼 수 없는 눈

가을에 씨를 뿌리고
겨울에 꽃을 피우려 하네

전생

그런대로
아름다운 여행이었습니다

비와 바람은
나의 스승이었습니다

가시도 꽃의 핏줄이요
꽃도 가시의 전생이었습니다

나는 한 방울의 물이었음을
나는 알았습니다.
나는 한 줄기 바람이었음을
나는 알았습니다.

물도 바람도
한 핏줄 한 자손이었습니다

오늘도 꽃이 피었습니다.
어제는 장미였는데
오늘은 민들레가 되었습니다

나그네 마음

청산의 바람이 불면
꽃이 좋아라

봄빛에 내민 꽃잎
곱게 탄 얼굴

하늘이 풀어낸 물감
곱게 담아서

길가는 나그네 마음
잡아 주리니

청산의 바람이 불면
꽃이 좋아라

나의 제단에

나의 제단에
무엇을 올리리까?

탑을 높이 세우고
황금의 꽃을 바쳐도
그 속에는 내가 없다

새벽이 오기도 전에
탑은 허물어지고
황금은 도둑질 당하리다

그대 영혼을
도둑질 당하지 마라

가장 무거운 것도
그대 영혼이요

가장 가벼운 것도
그대 영혼이다

그 님이 되면

이보게들
나이가 들면

나이 값이라도 해야 하는데
늘어나는 건
주름살뿐이 아니던가?

그래도
놈 소리는 안 들어야 하는데
어제도 오늘도
님 되기가 힘들어

놈 놈 놈이 아니라
님 님 님이 되는 세상이 되면
얼마나 좋겠나

그놈이 아니고
그님이 되는 내가 되면
좋지 않겠나?

탓

잘난 것도
못난 것도
아니 못난 것만
그럴 테지

비가와도 탓
바람이불어도 탓
가다
오다 걸리는 것은
탓 탓 탓

내 탓
네 탓 찾다만 보니
자기 자리가 없어

탓하는 놈 탓하려니
도망가고 없네

그 놈 탓인데
그 놈…

2부

인연

인연

다가가면 멀어지고
멀어지면 다가오고

인연은 출렁이는
바다 위에 떠 있는
돛단배 같은 것

수평선 넘어 반짝이는
돛에 달린 깃발처럼

마지막까지 남겨 놓아야 할
우리들의 소리

사랑의 의미

사랑은
받으려 하는 것이 아니고

자기 속에서
꽃을 찾아가는 길이다

사랑은
주려고 하는 것이 아니고

자기 속에서
향기를 찾아내는 것이다

정情

문을 열어 놓고 있었다.
마음의 공간

산들바람으로 다가왔지만
향기는 머물고만 있었나 보다

양지바른 담장 밑에 피는
난초처럼

풋풋한 내음으로
남겨 두었어야 할 것들이

차곡차곡
가슴에 쌓여 갔던 것이다

정이란 그렇게 오고 간다

좋은 만남

좋은 만남은
따뜻한 봄의 기운氣運이다

동한冬寒의 계절에도
싹이 트고
꿈이 함께 피는

추운 날에는
따끈한 한 잔의 커피가 된다

그러나 오래 묵은
청국장처럼
맛을 알기는 시간이 걸린다

때로는
씀바귀처럼 쓰지만
나를 돌아보게 하는
등불이 된다

내가 외로우면

내가 외로우면
꽃이 피어도 외롭고
내가 외로우면
햇살 속에서도 어둡다

아무리 사랑하는 사람도
미움이 찾아오고
아무리 미워하는 사람도
그리워지리니

무엇이 사랑인지
무엇이 미움인지 알지 못한다.

바람처럼
구름처럼
자유롭게 하라

사랑한 만큼 어둡고
사랑한 만큼 외로워지리니

사랑의 소리

사랑은 바람과 함께 오나니
먼저 비와 구름을 사랑하라

기다리는 시간도
지켜가는 시간도
뜰에 핀 꽃보다 소중하니

부족함과
채워야 할 부분을
알 수 있을 때까지
먼저 사랑의 소리를 들어보라

봄이 와서 눈이 녹아도
봄 탓이 아님을 알 때까지

그대의 사랑이 피고 지는 꽃보다
고귀함을 알 때까지

먼저 사랑의 소리를 들어보라

님의 침묵

님의 침묵은 고요히 떨어지는
꽃잎을 닮았습니다

시간도
공간도 없이
푸른 숲을 만들고 길을 냅니다

그러나
님의 침묵은
바람의 손짓이었습니다

손닿지 못하는
외로운 넋이었습니다

이별

가까이 있지 못할 임이라면
차라리 부르지도 못할 임이소서.

가까이 있지 못할 임이라면
차라리 그리지도 못할 임이소서.

기다려도 임 오지 않고
고개 너머 진달래만 붉게 물드네.

바로 달려왔다면

내가 부를 때 바로
달려왔다면
나는 알지 못했을 것이다.

당신의 외로움
당신의 사랑을

공기와 물처럼
소중함을 알지 못하고
문전에서 그대를 외면했으리.

내가 부를 때 바로
달려 왔다면
나는 알지 못했을 것이다

당신의 눈물을
당신의 아픔을

빛나던 눈길마저도
밤이 되면 잊었으리.

나를 닮은 소리

깊은 강물에도
햇살이 스며들듯

나를 닮은
냄새가 그립다

바람을 섞어 놓아도
고요한

나를 꼭 닮은
소리가 그립다

먼저 내가 알았다면

그대가 나를 알기 전에
먼저 내가 알았다면
더 잘 사랑했으리까?

사랑하는 마음
생의 마지막인 것처럼
노래했으리까?

그대가 나를 알기 전에
먼저 내가 알았다면
더 잘 사랑했으리까?

그대 슬픔을 알고
그대 눈물을 알고
그대의 손을 잡았으리까

꽃씨

하늘에 떨어진 꽃씨
바람에 밀려
구름 속에 숨는다.

빛이 내리면
하늘 닮은 싹이 자라리까
곱게 피어나면
바람을 잊으리까?

높아 갈수록
새털처럼 가벼운 마음
꽃을 흔들며
바람도 높이 오른다.

다 내려놓은 자리

바람이 지나면서
임을 보내고
구름이 지나면서
정情을 보내네.

임도
정情도
다 내려놓은 자리

고요한 별 빛만
나를 깨우네.

축배祝杯

그대가
축배祝杯를 들고 싶거든
먼저 자신의 잔을 채워라

사랑의 잔을
자비慈悲의 잔을

바람이 불어도 비가와도
흔들리지 않도록

그대가 화병花瓶이 되고
그대가 꽃이 되도록

그대가 사랑하고 싶거든
먼저 자신을 사랑하라

혼자 있어도
방안 가득 향기를
품어갈 수 있도록

사랑의 조건

무엇을 사랑하고
어떻게 사랑하느냐는
길을 떠난 나그네의 외로움이다

보여주는 외로움이고
보이는 외로움이다

처음 설레임처럼 사랑하라

미움은
그대를 병들게 하고
집착은
사랑을 죽게 만든다

먼저 사랑이 등불이 되고
희망이 노래가 되게 하라

우리들의 사랑

그립단
말 한 마디
할 수 없는 사랑

세월에 묻어
가져가야 할 사랑

계절이 바뀌어도
가슴만 아려오는 사랑

눈 밑에 뜨거운
피가 고여도

사랑한단 말 한마디
전할 수 없는
사랑이 사랑을 묻어
치료해야 할

고독한 사랑

님이 그리운 것은

님이 그리운 것은
님의 얼굴입니까
님의 마음입니까

님이 그리운 것은
님의 눈길입니까
님의 손길입니까

아니면
그대의 고독 때문입니까

함께 있으면 모르다가
떠나고 나면 찾는 그대는
바람의 장난입니까?

간절함 속에
숨어 있던 혼이 되살아나

가슴을 흔드는 것은
누구의 장난입니까?

해후

주름진 모습
차마 보일 수 없어

먼 산 바라보며
서로를 그려보네.

보이는 건
늙고 병들지만

마음은 그대로인데

꿈속의 그 소녀少女도
꿈속의 그 소년少年도

차마 나서지 못하네

믿음으로 가야 할 길

믿음으로
가야 하는 길이 있다
바람이 자나가도
남겨진 자리에 꽃이 피듯

한번쯤
마른 강물에도 비가와
배를 띄우듯

그리움 같은
기다림 같은
믿음으로 가야 할 때가 있다

눈이 흐리더라도
삶이 아름답도록

곧게 서서
가야 할 때가 있다

도시의 무지개

콘크리트 벽을 따라
오르는 도심
빌딩숲 난간을 잡고
대롱대롱 달려있다

척추를 늘어뜨리지 않으면
닿지 않는 바닥
바닥을 모르는 영혼들이
바람을 잡고 오른다

언제였을까?
무지개가 하늘에 길을
놓아가든 시절이

맑은 물이 다리가 되어야
하늘도
길을 여는데…

고독

고독은
존재의 갈증
손잡아 줄 수 없는
무상의 그림자

잠을 깨우는 손 짓

걸음
걸음마다
바람이 재촉하는
채찍질

바람의 상처인가?

세월의 넋을 건져
봄이면 씨를 뿌리리.

눈부신
청춘의 씨가 남아 있다면

삭풍朔風의 겨울이
지나가면

봄 향기 그득한
꽃을 피우고 싶다